Sempé

# LA GRANDE PANIQUE

Denoël

*Certains dessins de l'édition en grand format de* La grande panique *ne figurent pas dans cette présente édition à cause de l'impossibilité de les réduire.*

— *Quand j'étais jeune je voulais tout faire sauter, maintenant j'ai peur que ça saute réellement...*

— Peut-être qu'au retour tu y verras
plus clair : Florence, les gosses,
la maison, c'est la sécurité. Tandis
qu'avec Annie, évidemment, c'est
l'inconnu...

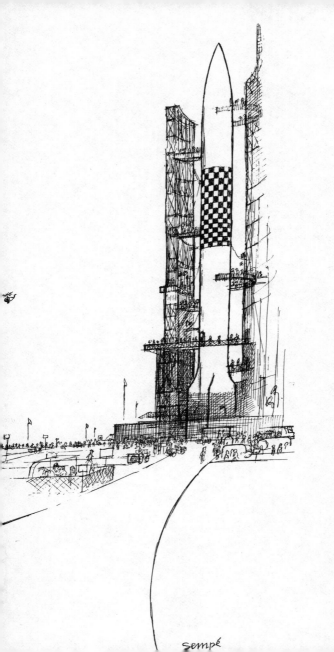

Sempé

**1**

**2**

**4**

**3**

**5**

**6**

**1**

**2**

**3**

**4**

— Pour sa fondation, le Jury du Prix pour l'Expansion
de la Lecture dans toutes les Classes Sociales accorde le
grand prix à M. Gauthier d'Anguepierre pour son livre
« Monographie sur les consolettes Louis XV existant
encore ».

— *Dans votre dernier roman, il apparaît nettement que vous êtes un inquiet et un angoissé. Expliquez-nous cela...*

**1**

**2**

3

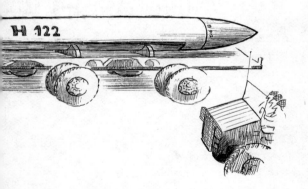

H 122

4

1

2

3

4

**5**

**6**

7

8

9

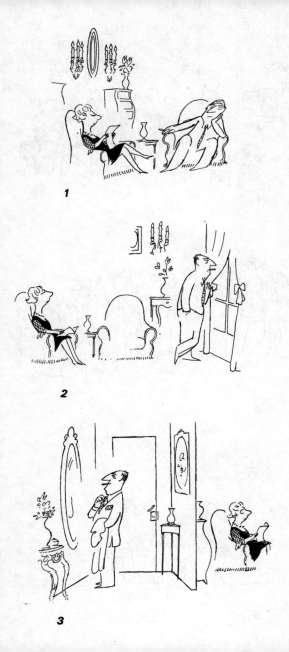

1

2

3

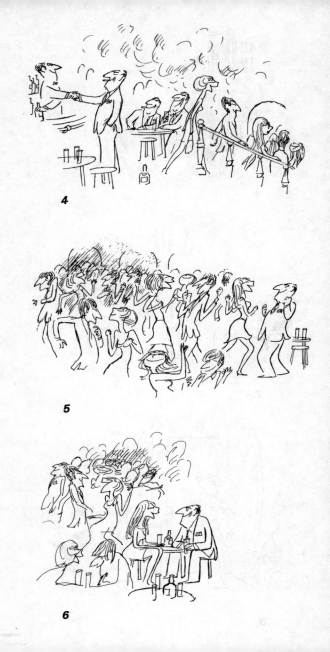

4

5

6

**7**

**8**

**9**

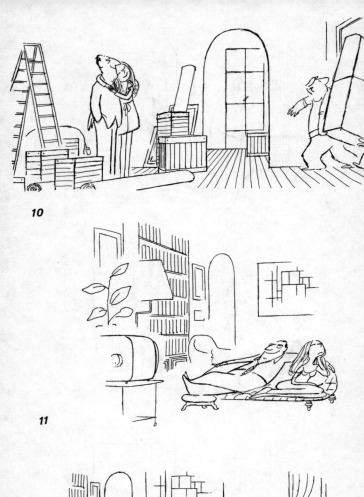

**10**

**11**

**12**

**13**

sempé

**14**

**1**

**2**

**3**

**4**

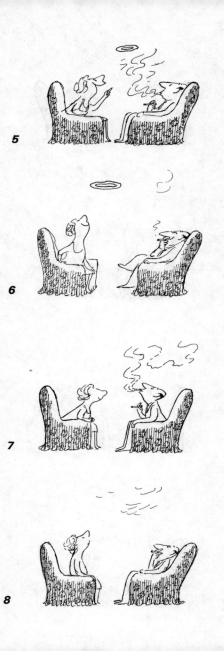

5

6

7

8

9

10

11

12

**13**

**14**

**15**

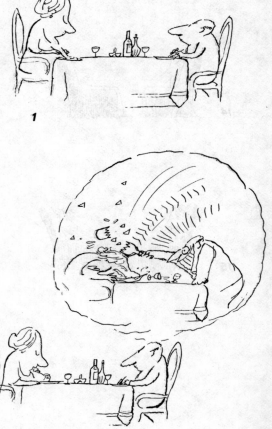

1

2

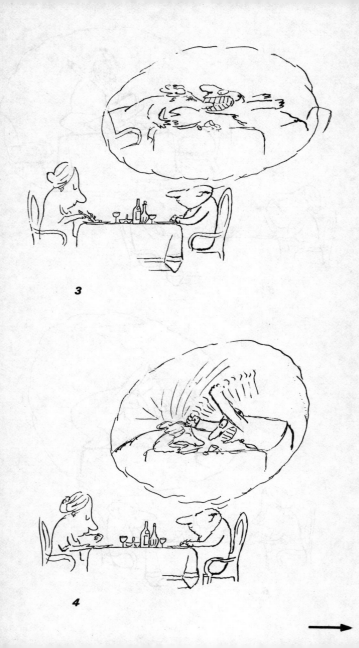

**3**

**4**

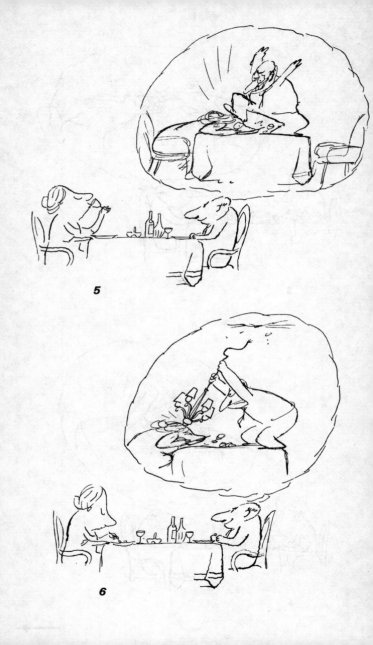

5

6

**7**

**8**

**1**

**2**

**3**

→

4

5

6

7

8

**1**

**2**

**3**

4

5

**6**

**7**

8

9

10

1

2

3

**4**

**5**

6

7

8

*A peine m'enfonçai-je dans les steppes orientales de la Mandchourie que, tout de suite, un problème — terrible — se posa : « Pourrai-je supporter cette absence de contact, cette effarante solitude ? »*

**1**

**2**

**3**

**4**

**5**

**6**

**7**

**8**

**9**

**10**

11

« *Et enfin ce qui hier était projet est aujourd'hui réalité :
Le Comité directeur, en accord avec le Secrétariat général
et le Comité exécutif, a décidé que, sur simple présentation
de la carte du Parti, il sera remis gratuitement un porte-
clés...* ».

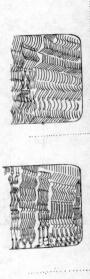

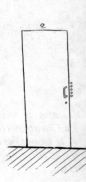

« *Je suis une calculatrice I.B.M.
N° X 124. On a mis trois ans
cinq mois quatorze jours à me
construire, six mois vingt-sept
jours dix-sept heures à me monter
ici. Malheureusement, demain
à six heures vingt-deux, la ba-
raque va s'effondrer...* »

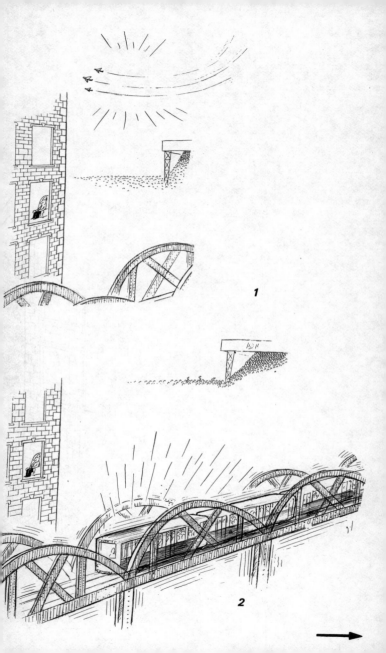

*1*

*2*

3

4

**5**

— Venons-en maintenant aux difficultés qui ont surgi entre
nous, cette année, lors des revendications de certains de
nos amis. Nous avons été obligés de les licencier car leurs
revendications étaient abusives, voire injustes : un peu
comme si ceux, qui tout à l'heure ont choisi le fromage,
réclamaient maintenant du dessert...

**1**

**2**

**3**

**4**

**5**

**6**

**7**

**8**

**9**

*1*

*2*

*4*

3

**5**

**6**

**3**

**4**

**5**

**6**

**7**

**8**

**9**

**10**

**11**

**12**

**13**

**14**

**1**

**2**

4

5

6

*1*

*2*

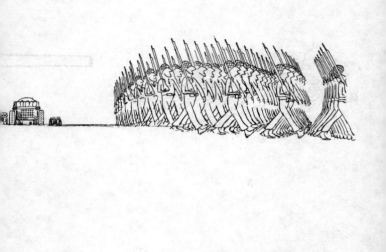
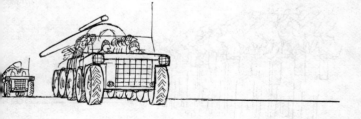

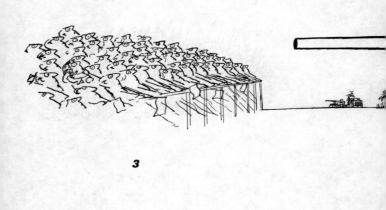

**3**

**4**

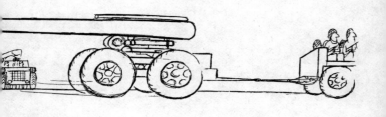

Sempé

**1**

**2**

3

4

➡

5

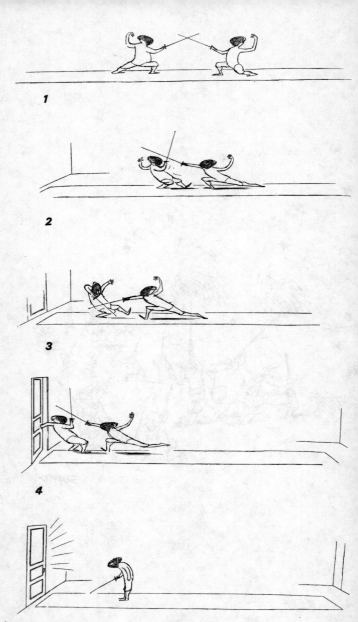

1

2

3

4

5

Sempé

**1**

**3**

**2**

**4**

**5**

**6**

→

**7**

EDITIONS
DISQUES
VARCLAY

**8**

SOPHIE

SOPHIE

**9**

**13**

NOUVEAU!

BOUTIQUE CHOC-OP

ZIM

POP

SHEILA : SOPHIE N'A RIEN INVENTÉ

QUI EST LYSBETH ?

AU DERNIER HIT PARADE LE DERNIER DISQUE DE SOPHIE N'EN QU'EN 9ème POSITION !

CETTE SEMAINE DANS
SYLVIE ET FRANÇOISE RÉPONDENT (BRILLAMMENT) À SOPHIE (DONT LE DERNIER DISQUE FAIT UN "BIDE")

**14**

LYSBETH

NEW!

UNE NOUVELLE **VOIX**
UNE NOUVELLE **VISION**

DISQUES VARCLAY

LYSBETH

LYSB

NEW

**15**

**16**

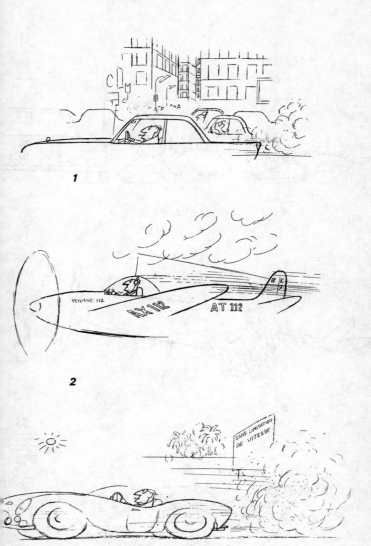

**1**

**2**

**3**

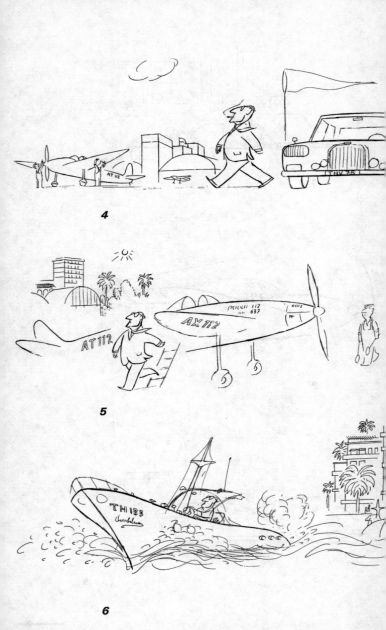

**4**

**5**

**6**

semp é 1965

*Cet ouvrage a été reproduit*
*et achevé d'imprimer par l'Imprimerie Floch*
*à Mayenne le 25 novembre 1987.*
*Dépôt légal : novembre 1987.*
*1er dépôt légal dans la même collection : avril 1972.*
*Numéro d'imprimeur : 26155.*

ISBN 2-07-036082-2 / Imprimé en France.